Mit figuren von
lauren child

»Gewonnen!«

»NEIN, ich!«

»Nein, ich!«

Fischer Schatzinsel

Fischer Schatzinsel
www.fischerschatzinsel.de

Die Texte basieren auf dem Skript der englischen Fernseh-Serie von Dave Ingham
Illustrationen aus der Original-Fernsehserie, produziert von Tiger Aspect
Aus dem Englischen von Karen Thilo und Martin Frei-Borchers, Redaktion Hilla Stadtbäumer

Die englische Originalausgabe erschien 2006 unter dem Titel
»I've Won, No I've Won, No I've Won« bei Puffin Books, London
Text and illustrations © Lauren Child/Tiger Aspect Productions Ltd. 2005
The Charlie and Lola logo is a trademark of Lauren Child
Alle Rechte vorbehalten
The moral right of the author/illustrator has been asserted
Für die deutschsprachige Ausgabe:
© S. Fischer Verlag GmbH, Frankfurt am Main, 2008
Satz: Pinkuin Satz und Datentechnik, Berlin
Printed in China
ISBN 978-3-596-85301-4

Nach den Regeln der neuen Rechtschreibung

Ich hab 'ne kleine Schwester: Lola.
Sie ist klein und ziemlich komisch.
Wenn wir Wer kann am längsten stillsitzen
spielen, muss Lola immer gewinnen.

Lola sagt: »Gewonnen!«

Und ich sage:
»Nee, ich hab gewonnen!
Ich hab mich doch gar nicht bewegt!«

Lola sagt:
»Hast du doch! Hast du doch!
Ich hab gewonnen!
Ich! Ich gewinne immer!
Immer, immer,
immer!«

Und dann sagt sie:

»Ich kann schneller rennen als ein super-duper schneller Gepard, und ich kann länger auf einem Bein stehen als ein flamingo!

Sogar wenn wir Erdbeermilch trinken,
muss Lola unbedingt als Erste fertig werden.

Ich sage:
»Musst du eigentlich bei allem gewinnen, Lola?«

Und Lola sagt:
»Japp. Gewonnen!«

Ich weiß,
dass ich das Löffelspiel
besser kann als Lola.

Also sage ich:
»Lola, wie wär's mit
einer Runde Löffelspiel?«

Lola sagt:

>>Ich gewinne!<<

Ich sage: »Tust du nicht!«

»Dohoooch!«, sagt Lola.

»Nein!«, sage ich.

Dann sagt Lola:
»Guck mal,
Charlie, was ist denn

das da?«

»Was ist was?«, frage ich und schaue mich um, und als ich Lola wieder ansehe ...

hat sich ihr Löffel ganz bestimmt bewegt.
Ich sage:
»Lola, du hast geschummelt!«
Und Lola sagt:
»Charlie, ich hab gewonnen!«

Ich sage:
»Lola, wie wäre es mit 'ner Runde Schnipp-Schnapp? Du weißt doch, wie man Schnipp-Schnapp spielt, oder, Lola?«

»Jooh ...«, sagt Lola.

»Man braucht zwei Karten, die gleich aussehen und dann ruft man Schnapp!«

»Also, **zwei Karten**, die **apselut gleich** aussehen und dann ruft man **Schnapp!**«

Ich sage: »fünf!«

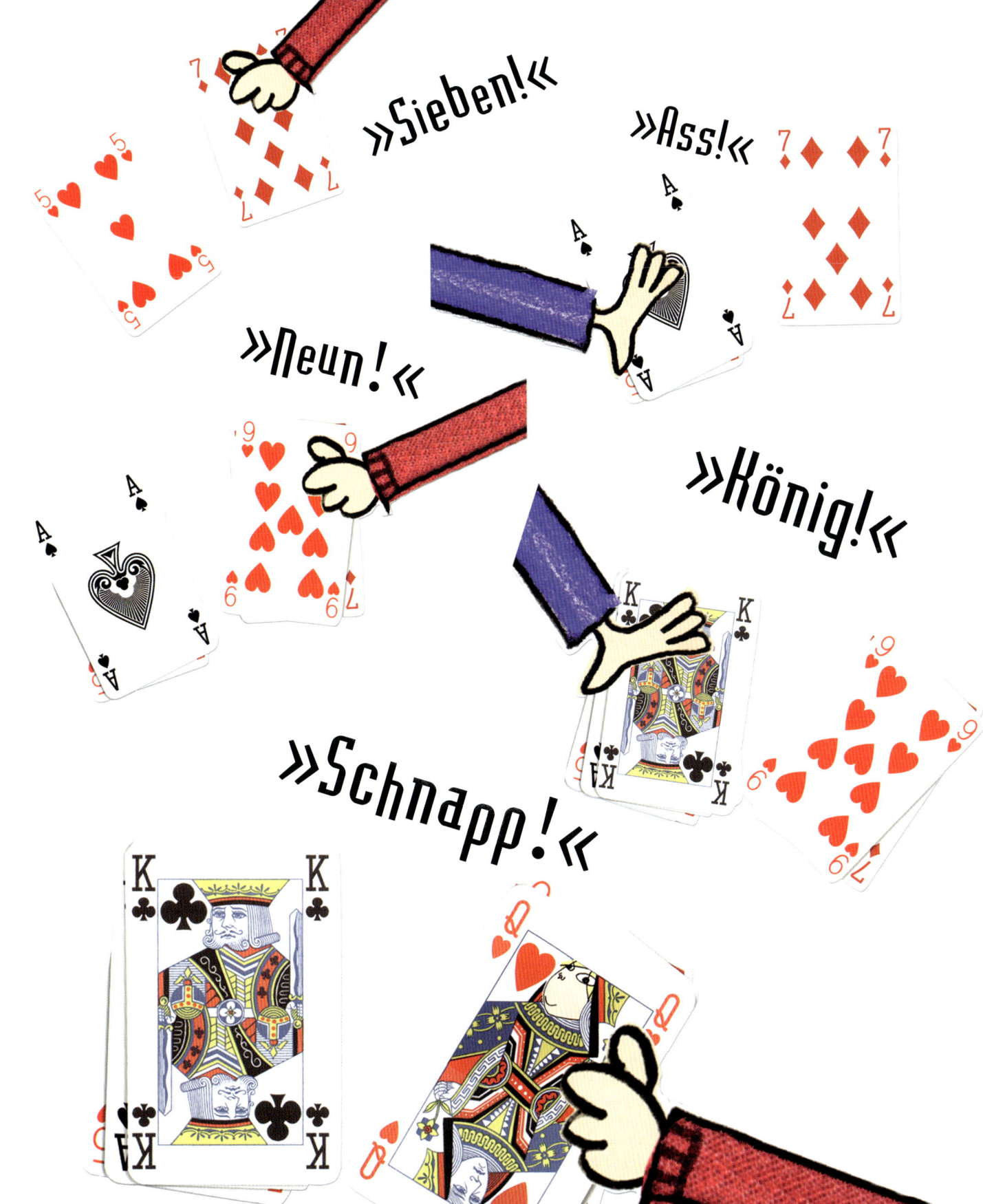

Da sage ich:
»Hast du vielleicht Lust auf Schlangen und Leitern?«, denn da kann Lola unmöglich schummeln.
»Mit den Leitern geht's hoch und mit den Schlangen wieder runter. Wer's bis ganz oben schafft, hat gewonnen. Hast du das verstanden?«

Lola sagt: »Natürlich hab ich's verstanden, Charlie.«

Ich würfele zuerst, und ich rufe:

»Sechs!

1...2...3...4...5...6

und
die
Leiter
rauf!«

Dann ist Lola dran und sie ruft:

»Eins ... zwei ... drei ... Schlange!«

Ich sage:
»Lola, was tust du denn?
Schlangen sind zum Runterrutschen da –
das ist nun mal so!«

Lola sagt:

»Oh, Charlie! Jeder weiß, dass Schlangen nicht nur schlängelig und glitschig sind. Sie sind auch **gut** zum **Klettern**. Ta-taaa ... Charlie, ich gewinne!«

Dann würfelt Lola neu und sie ruft: »Vier!

1...2...3...4

Schlange!«

Ich sage: »Pech gehabt, Lola, jetzt musst du den gaaaanzen Weg wieder runter.

Ich hab gewonnen!«

Dann fällt mir ein Spiel ein,
bei dem Lola
nie und nimmer
gewinnen kann.

Als Papa uns mit in den
Park nimmt, sage ich:
»Lola, machen wir ein
Wettrennen?
Einmal rum um
den krummen Baum!
Dann zweimal ganz hoch
auf der Schaukel schaukeln!
Die Rutsche runter ...
und wer zuerst wieder
an der
Bank ist,
hat gewonnen!
JA?«

Und obwohl ich kurz
     vor dem Ziel bin
  und schon fast **gewonnen** hab,
     sage ich:
»Na gut, Lola.
     Ich komme.
  Warte!«

Wir

s a u u u u u u s e n

die große
Rutsche
gemeinsam
runter.

Lola sagt:

»Jippiiiiie!
Erste!«

Ich sage:

»Aber nicht mehr lange!«

Dann sage ich:
»Und der Sieger heiiißt ...
Chaaaarlie ... Sommer!

Gewonnen!
Gewonnen,
ich habe
gewonnen!«

Doch dann muss ich daran denken,
 was Papa immer sagt:
»Charlie, du musst Lola eine Chance geben.
 Sie ist doch noch so klein!«

 Und ich sage:
  »Alles in Ordnung, Lola?«

Und weißt du, was Lola sagt?
  Sie sagt:
»Das war Klasse!«

Als wir schon im Bett liegen,
sage ich:
>>Schläfst du schon,
Lola?<<

Und Lola sagt:
>>Ja.<<

Also sage ich:
>>Wie kannst du schlafen,
wenn du mit mir redest?<<

Sie sagt:
>>Ich rede im Schlaf.<<

Ich sage:
>>Okay, wer zuerst
einschläft, hat
wirklich gewonnen.<<

Lola flüstert: »Charlie? Ich hab **gewonnen!**«
Und ich sage: »Nein, ich hab gewonnen!«

»Nein ... ich!«

»Nein, ich!«

»Ich!«